TOP THAT™

Cyhoeddwyd gan Rily Publications Ltd, Blwch Post 257, Caerffili CF83 9FL
Hawlfraint yr addasiad © 2017 Rily Publications Ltd
Addasiad Cymraeg gan Eleri Huws

ISBN 978-1-84967-383-9

Cyhoeddwyd yn wreiddiol yn Saesneg yn 2017
dan y teitl *Pinocchio* gan Top That Publishing Ltd
Hawlfraint © 2017 Tide Mill Media
Cedwir pob hawl
Argraffwyd yn China
ISBN: 978-1-84967-383-9
Gan Stephanie Dragone
Darluniau gan Jennie Poh

Mae cofnod catalog o'r llyfr hwn ar gael o'r Llyfrgell Brydeinig.

Mae'r cyhoeddwyr yn cydnabod cefnogaeth ariannol Cyngor Llyfrau Cymru.

RILY

rily.co.uk

*I dri phlentyn annwyl sy'n cael eu
caru'n fawr – Jannah, Myles ac Archer.*

Pinocchio

Gan Stephanie Dragone

Darluniau gan Jennie Poh

Addasiad Eleri Huws

Un tro, amser maith yn ôl, roedd hen ŵr o'r enw Geppetto yn byw ar ei ben ei hun. 'Trueni nad oes gen i blentyn i'w garu ac i gadw cwmni i mi,' meddai. Felly, aeth Geppetto ati i gerfio pyped o bren. Roedd e'n edrych 'run ffunud â bachgen bach.

'Pinocchio fydd dy enw di,'
meddai Geppetto wrtho.

Ond doedd bywyd ddim yn fêl i gyd. 'Dwi ddim eisiau aros yma gyda Geppetto,' meddyliodd Pinocchio. 'Dwi am gael hwyl a sbri, a phob math o antur!' A rhedodd i ffwrdd o'i gartref.

Wedi peth amser daeth Pinocchio, y pyped bach drwg, yn ôl adref. 'Mae'n ddrwg gen i am redeg i ffwrdd,' meddai wrth Geppetto. 'Dwi'n falch iawn o'ch gweld chi eto.'

Wrth i Pinocchio fwyta'r bwyd blasus roedd Geppetto wedi'i baratoi iddo, clywodd lais pitw bach. Ar ei fraich safai cricsyn ... ac roedd e'n siarad!

'Pinocchio! Rhaid i ti fod yn dda,' meddai, 'neu bob tro rwyt ti'n ddrwg, neu'n dweud celwydd, bydd dy drwyn di'n tyfu.'

Am sbel, roedd Pinocchio'n hapus i fod adref unwaith eto. 'Dwi'n addo bod yn dda,' meddai wrth Geppetto, 'a mynd i'r ysgol bob dydd.'

Gan fod Geppetto mor dlawd, roedd yn rhaid iddo werthu'i gôt i brynu llyfr ABC i Pinocchio fynd i'r ysgol, ond doedd e ddim yn malio. Roedd e'n caru Pinocchio.

Y diwrnod wedyn, roedd Pinocchio ar ei ffordd i'r ysgol pan glywodd gerddoriaeth yn dod o rywle. Yng nghanol sgwâr y pentref safai theatr bypedau.

'O, fe hoffwn i weld y sioe bypedau,' ochneidiodd Pinocchio. 'Ond does gen i ddim arian.'

Yna cafodd syniad GWYCH. 'Wn i!' llefodd. 'Galla i werthu fy llyfr ABC!' Dyna wnaeth e – a dechreuodd ei drwyn dyfu!

Siop Lyfrau

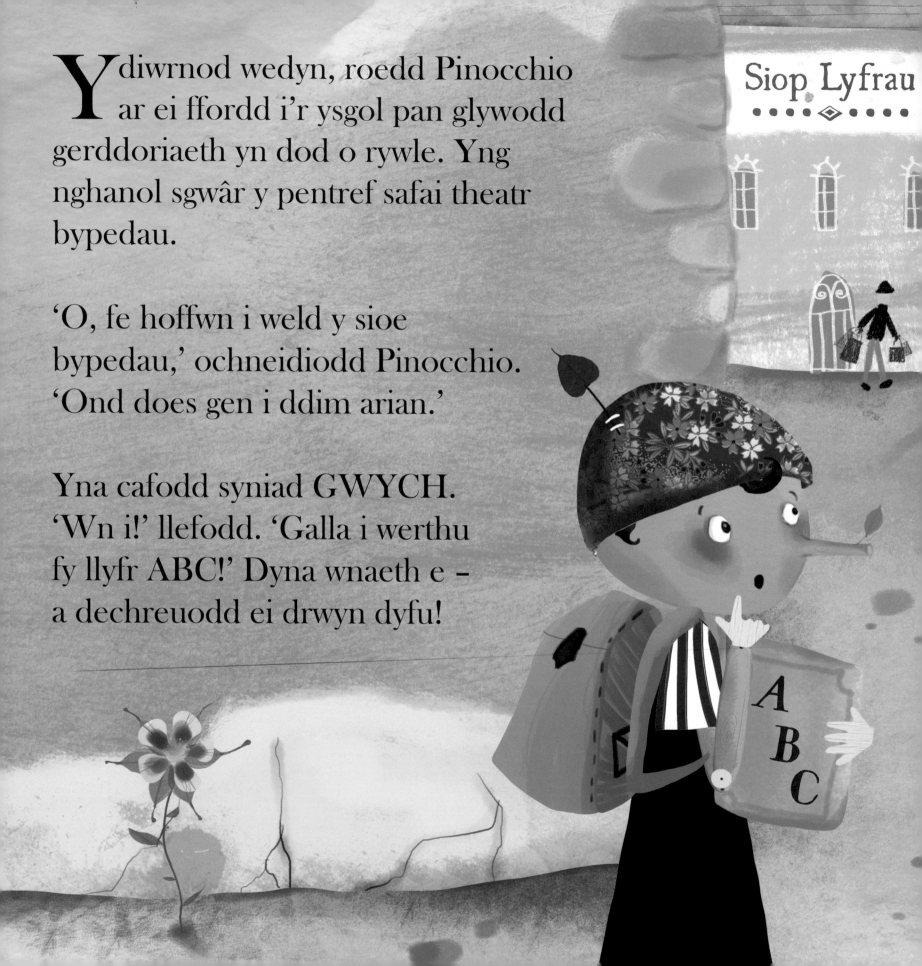

Safodd Pinocchio mewn rhes i brynu tocyn i weld y sioe bypedau. Tra oedd e'n aros, daeth cadno coch a chath ato.

'Bore da,' meddai'r cadno coch, gan edrych ar yr arian yn llaw Pinocchio. 'Dyna drueni nad oes gen ti ddim ond digon o arian i weld un sioe,' meddai'n slei.

Yna, gan ddod yn nes, sibrydodd, 'Dere gyda fi i'r cae hud a lledrith – galli di blannu dy arian yn y pridd a gwneud iddo dyfu!'

'Syniad da!' cytunodd Pinocchio. Petai e'n tyfu rhagor o arian, fe allai brynu llyfr ABC arall, a mynd i weld y sioe bypedau sawl gwaith. Felly i ffwrdd ag e gyda'r cadno coch a'r gath.

Yn fuan, arhosodd y tri i orffwys. Yn sydyn, wrth i'r cadno coch a'r gath chwyrnu'n uchel yn eu cwsg, daeth y cricsyn i'r golwg eto.

'Paid â'u credu nhw,' sibrydodd yng nghlust Pinocchio. Ond chymerodd e ddim sylw, a phan ddeffrodd y ddau arall aeth y tri ymlaen ar eu taith.

Ar ôl cerdded am amser hir, daeth y tri at y cae hud a lledrith. Plannodd Pinocchio ei arian yn y pridd. 'Tra mae'r arian yn tyfu,' meddyliodd, 'fe af i gysgu am sbel.'

Ond pan ddeffrodd, doedd dim byd yn y cae ond twll gwag! Roedd y cadno coch a'r gath wedi chwarae hen dric gwael arno – a dwyn ei holl arian!

'Paid â phoeni,' meddai rhyw lais bach. Gan edrych i fyny, gwelodd Pinocchio dylwythen deg yn hedfan yn agos ato. 'Galla i esbonio popeth wrth Geppetto,' meddai'n garedig, 'ond rhaid i ti addo bod yn dda.'

'Dwi'n addo!' cytunodd Pinocchio'n hapus.

'Gwell i mi fod yn dda o hyn ymlaen,' meddyliodd Pinocchio, 'ar ôl i'r cadno coch a'r gath chwarae tric arna i.' Ond ar ei ffordd i'r ysgol un bore, gwelodd griw o blant yn chwarae. 'Dere gyda ni!' gwaeddon nhw.

Gan anghofio ei fod wedi addo bod yn dda, aeth Pinocchio gyda'r plant i rywle lle roedden nhw'n gallu chwarae'n hapus drwy'r dydd.

Cafodd Pinocchio hwyl a sbri yn
chwarae gyda'r plant. Ond, wrth iddi
nosi, daeth y cricsyn yn ôl ato.

'Pinocchio! Dos adref ar unwaith –
neu fe fyddi di'n troi'n asyn!'
meddai'n ddifrifol.

'Gwell i mi wrando ar y cricsyn y tro hwn,' meddyliodd Pinocchio. Rhedodd nerth ei draed nes cyrraedd glan y môr. Roedd yn pendroni beth i'w wneud nesaf, pan welodd wylan yn hedfan uwch ei ben.

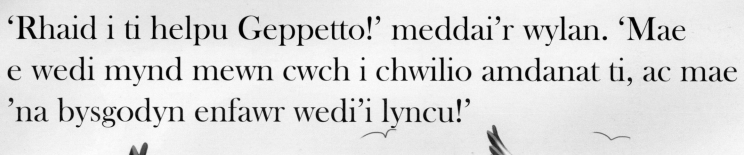

'Rhaid i ti helpu Geppetto!' meddai'r wylan. 'Mae e wedi mynd mewn cwch i chwilio amdanat ti, ac mae 'na bysgodyn enfawr wedi'i lyncu!'

Ar unwaith, neidiodd Pinocchio i mewn i'r môr a dechrau nofio. 'Rhaid i mi achub Geppetto!' gwaeddodd.

Yn sydyn, cododd pen pysgodyn enfawr allan
o'r dŵr ... a llyncu Pinocchio'n gyfan!

Y tu mewn i fola'r pysgodyn, clywodd Pinocchio
sŵn ... llais rhywun roedd e'n ei adnabod a'i garu.
Llais Geppetto!

Y noson honno, pan oedd y pysgodyn yn cysgu,
sleifiodd Pinocchio a Geppetto allan o'i geg anferth
a nofio i'r lan yn ddiogel. Ac adref â nhw, gyda'i gilydd.

O'r diwrnod hwnnw ymlaen, aeth Pinocchio
i'r ysgol bob dydd. Roedd e wastad yn dda.

Un diwrnod, galwodd y dylwythen deg heibio.

'Mae'n hen bryd i rywbeth hapus
ddigwydd i chi'ch dau,' meddai. Wwsh!
Chwifiodd ei hudlath – ac yn syth bìn fe
drodd Pinocchio'n fachgen bach go iawn!

O'r diwedd, roedd Geppetto wedi cael ei
ddymuniad – roedd ganddo fab! A bu'r hen ŵr
a'r bachgen bach yn byw'n hapus gyda'i gilydd.

YR HOGYN PREN

O ddarn o bren y gwnaed o,
O'i gorun moel i'w draed o;
Ac nid wy'n siŵr
Nad paent a dŵr
A gaed i wneud ei waed o.
Ond pawb a chwarddai am ei ben
A'i alw ef yr 'hogyn pren'.
Cewch chwithau hwyl, ie, hwyl dros ben,
Wrth ddarllen stori'r hogyn pren.

I. D. Hooson